哈福

哈福

哈福

哈福

波啾！

# 我的第一本
## 法語讀本

會與不會之間，只有1秒的距離

林曉葳 Andre Martin ◎合著

哈福

# 會與不會之間，只有1秒的距離

　　《波啾！我的第一本法語讀本》由發音、字母開始，到最簡單的句型，由點到面的學習方式設計，是針對從零開始完全初級者所設計的一本法語學習讀本。　只要在您下定決心的那1秒，您就註定會法語了。

　　很快地：

◎ 字母、音標，一次就上手

◎ 單字、圖像，記得快又牢

◎ 法語聽力測驗，密集特訓

◎ 入門100句，立即開口說

本書內容共分4個部份：

　　一，**法語發音**，以中文輔助發音和英語音標的說明，有助讀者迅速掌握法文發音的訣竅。

　　二，**認識字母**，每一個法文字母都有一個相對應的音素，透過反覆聆聽MP3，讀者可以在最短的時間內，記住每

一個字母的發音和相對應的音素；同時藉由具體圖像來記憶日常單字，進行同步認知學習。

為了協助讀者快速掌握發音規則，編者特別整理出一份字母和音素對應的發音規則總表，多加利用。

三，MP3，學習語言不變的法則就是一而再、再而三地反覆聆聽學習，直到滾瓜爛熟，成為直覺式反應。仔細聆聽「MP3」，一定可以很快達到這個目標。

四，法語入門100句

除了發音之外，本書特別精選出法語入門100句，讓你輕鬆優雅說的浪漫法語。

一本好的法語學習工具書，就像是一位好的老師，隨書附精質MP3，在聽力、發音上提供讀者密集特訓，不但單字記得快，聽力一級棒，達到10倍速的學習效果！

Il est comment ?
他長得怎麼樣？

Il est beau.
他很帥。

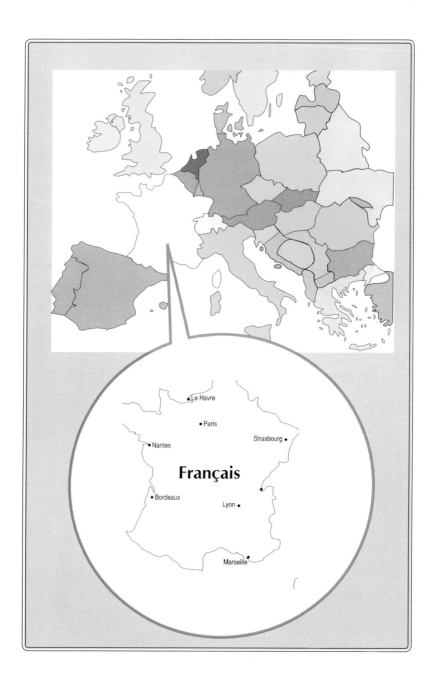

Français

## 單元 3　　總複習 Révision

### ★突破發音、聽力

## 單元 4　　法語入門100句

# 法語發音入門

## Alphabet Phonétique

　　説到發音，就必須了解音素及音標的意義。什麼是音素？當我們在聽別人説話時，我們所聽到的一連串聲音就是「音素」，而代表該音素的符號就是「音標」；音標通常都寫在[ ]內，如：[i], [e], [ε]，與英文音標的標示方式一樣。由於字母和音標有些的書寫是一樣的，所以千萬不要將二者混淆了。

　　法語的音素分為三種：母音(voyelle)、輔音(consonne)和半輔音（semi-consonne，又稱為半母音）。法語總共有36個音素，包括16個母音（其中的[a]和[ɑ]因發音差別不大，所以現在已逐漸合二為一，一般採用[a]）、17個輔音、3個半輔音。

❶ 同一個音素可以是一個字母或由不同的字母組成來表示，如：[ o ]，它的字母可以是<o>（vélo）或<ô>（rôle）；也可以是<au>(aussi, autant)；或者是<eau>(beau, peau)。

❷ 同一個字母發不同的音，如字母<g>，在單詞<gare>中，<g>發[g]，而在單詞<girafe>中，<g>則是發[ʒ]。

❸ 一個字母發兩個音，如字母<x>，在單詞<taxi>中，字母<x>就發[ks]兩個音素。

❹ 字母不發音，如字母<h>(hiver, hier, cahier)，或者是位在字尾的<e, t, x...>(livre, poulet, doux)。

　　和英語比起來，法語的發音規則更簡單、更有規律　，所以只要勤加練習，你就能迅速掌握法語的基本發音規則，在一看到法文時，馬上就能輕鬆唸出來。

## Voyelles　　母音因素

| 母音音素 | 發音小訣竅 |
|---|---|
| i | 和注音符號「一」的發音相似，但發音時，口腔部位的肌肉更為緊繃。 |
| e | 和注音符號「せ」的發音相似，但口腔的開口度較小一些。 |
| ɛ | 和注音符號「せ」的發音相似。 |
| a | 和注音符號「ㄚ」的發音相似。 |
| ɑ | 發音方式和位置與〔a〕相似，但發〔a〕時，舌尖是抵住下齒齦，而發〔ɑ〕時，舌頭則是要向後縮。由於〔a〕和〔ɑ〕的發音相似，〔ɑ〕有逐漸被〔a〕取代的情形。 |
| y | 和注音符號「ㄩ」的發音相似，嘴唇撅起，向外突出成圓形。 |
| ə | 和注音符號「ㄜ」的發音接近，但口腔肌肉放鬆，嘴巴不費力張開。 |
| ø | 在注音符號中，找不到相似的發音，不過發〔ø〕時，可以先發〔e〕，然後口腔其他部位不 ，把嘴唇向外突出成圓形，發出來的音就是〔ø〕了。 |
| œ | 發音部位和〔ɛ〕一樣，但口腔肌肉較放鬆，雙唇稍微向前突出成圓形。 |
| u | 和注音符號「ㄨ」的發音相似，嘴唇稍微向外突出成圓形。 |
| o | 和注音符號「ㄛ」的發音相似，雙唇比發〔u〕時的開口度大、更突出、更圓。 |
| ɔ | 和注音符號「ㄛ」的發音相似，口腔的開口度比發〔o〕時大，雙唇成圓形。 |
| œ̃ | 發〔œ〕的音，再加上鼻音，發出來的就是〔œ̃〕了。由於〔œ̃〕和〔ɛ̃〕的發音非常相似，目前〔œ̃〕有慢慢消失的趨勢，改由〔ɛ̃〕來取代。 |
| ɛ̃ | 口形、唇形和發〔ɛ〕相同，加上鼻音，所發出來的就是〔ɛ̃〕了。 |

| 母音音素 | 發音小訣竅 |
|---|---|
| ã | 口形、唇形和發〔a〕相同，但發〔a〕時，舌尖是向前抵住下齒齦，而發〔ɑ〕時，舌頭則要向後縮，再加上鼻音，就可以發出〔ã〕的音了。 |
| ɔ̃ | 口形、唇形和發〔o〕相同，加上鼻音，所發出來的就是〔ɔ̃〕了。 |

# 掌握法語母音的要點

　　法國19世紀的作家Alphonse Daudet曾説：「法語是世界上最優美的語言。」而很多人也深受法語的柔美、悦耳所吸引，其實這是有原因的。在語言學上，母音是由樂音所構成；母音愈豐富，這種語言聽起來也就愈好聽。法語的母音有16個，母音數量居西歐各語言之冠，也難怪法國人要以自己的語言之美為傲了。

## 三個母音發音特點

❶ 發音時，氣流從肺部流出來，振動聲帶，經過口腔，不受其他發音器官的阻礙。

❷ 和發輔音的氣流比起來，發母音時的氣流比較弱，發出來的聲音清晰響亮。

❸ 口腔的開閉程度、舌頭的前後升降、雙唇的圓或扁形狀，是影響不同母音發音的主要因素；這也是為何在説法語時，嘴部口形始終保持略向前伸的原因。

## Consonnes 輔音因素

| 輔音音素 | 發音小訣竅 |
|---|---|
| p | 和注音符號「ㄅ」的發音相似，但當〔p〕出現在音節尾時，發音和注音符號「ㄆ」相似，氣音較重。 |
| b | 注音符號中沒有相似的音，發音部位和〔p〕一樣要用到雙唇，且聲帶要振。請仔細聽老師的發音，跟著老師一起練習。 |
| m | 和注音符號「ㄇ」的發音相似。 |
| t | 和注音符號「ㄉ」的發音相似，但當〔t〕出現在音節尾時，發音和注音符號「ㄊ」相似，氣音較重。 |
| d | 發音的口腔部位和方式與〔t〕相同，但聲帶須振動。 |
| n | 和注音符號「ㄋ」的發音相似。 |
| ɲ | 舌尖抵住上齒齦，舌面緊貼硬顎發音，和「ㄋㄧㄝ」拼讀的音接近。 |
| k | 和注音符號「ㄍ」的發音相似，但當〔k〕出現在音節尾時，發音和注音符號「ㄎ」相似，氣音較重。 |
| g | 發音的口腔部位和方式與〔k〕相同，但聲帶須振動。 |
| ŋ | 這個音來自英文，和英文音標〔ŋ〕的發音一樣。（這個音素本不存在於法語音素中。） |
| f | 和注音符號「ㄈ」的發音相似；也可參考英文〔f〕的發音。 |
| v | 發音的口腔部位和方式與〔f〕相同，但聲帶須振動；也可參考英文〔v〕的發音。 |
| s | 和注音符號「ㄙ」的發音相似，也可參考英文〔s〕的發音。 |
| z | 和英文的發音〔z〕相同。 |

| 輔音音素 | 發音小訣竅 |
|---|---|
| ∫ | 發音位置和注音符號「ㄕ」的位置接近，但舌尖平放，不翹起。另可參考英文〔ʃ〕的發音。 |
| ʒ | 發音的口腔部位和方式與〔ʃ〕相同，但聲帶須振動。 |
| l | 和注音符號「ㄌ」的發音相似。 |
| r | 一個小舌音，和注音符號「ㄏ」的發音較接近，但要使聲帶振動，並藉由氣流衝出時使小舌顫動。另一種方法是嘴裡含少量的水，做漱口的動作，使小舌顫動，經過反覆練習後，不含水也可以發好〔r〕。 |

## 掌握法語輔音的要點

法語輔音的發音特點是，氣流在口腔中會受到其他器官的阻礙，和母音比起來，氣流較強。有關法語輔音的發音，要記住以下幾個要點：

❶ 在一個法語單詞中，若有兩個相同的輔音字母在一起時，只需要發一個輔音。如：belle, bonne, commun, attirer。

❷ 在發音上，法語和英語很不一樣的一點是，法語單字字尾的輔音字母通常不發音，如：port [pɔːr], dos [do], riz [ri]。
但也有例外的情形，須另外記，如：單字字尾是字母<r, l, f, c>（or, bol, chef, sac）（非絕對）以及一些基數詞字尾的輔音字母，如：cinq, huit, neuf, dix。

❸ 法語輔音中有幾組音素的發音近似，較難辨別。讀者可以透過互動光碟的測驗，來加強辨別的能力。這幾組對立的音包括：
[b]－[p]、[d]－[t]、[ʒ]－[k]、[f]－[v]、[s]－[z]、[ʃ]－[ʒ]、[m]－[n]

## Semi-consonnes　　半輔音

| 半輔音 | 發音小訣竅 |
|---|---|
| j | 發音方式與母音〔i〕基本上相同，但發音口腔各部位的肌肉更為緊繃，請仔細聽老師的發音，跟著練習。 |
| ɲ(y+i) | 發音方式與母音〔y〕基本上相同，但發音時間較短，而且通常是字母<u>+<i>時，所以讀者可以直接學習〔y〕+〔i〕的發音即可。 |
| w | 發音方式與母音〔u〕基本上相同，但發音時間很短，而且口腔各部位的肌肉更為緊繃。 |
| 半輔音因為發音時間很短，所以發音後會立即和後面的母音結合。 ||

# 法語字母、拼音入門

# Alphabet Françis

　　法文採用的是拉丁字母，和英文一樣，總共有26個字母，其中有6個母音字母，分別是<a, e, i, o, u, y>，其餘的都是輔音字母。

　　法文字母最特別的地方是，<a, e, i, o, u>五個母音字母和<c>有特別的符號，以及字母<o>和<e>結合的<œ>，它的主要作用是表示不同的發音。

| 拼寫符號 | 符號意義 | 範例 | 說明 |
|---|---|---|---|
| < ´ > | 閉音符<br>(l'accent aigu) | bébé, télé | 只有字母<e>有這個符號 |
| < ` > | 開音符<br>(l'accent grave) | là, voilà, très, lèvre, où | 字母<e, a, u>有這個符號 |
| < ^ > | 長音符<br>(l'accent circonflexe) | le, dîner, coûter | 字母<i , u>有這個符號 |
| < ¨ > | 分音符<br>(le tréma)<br>表示與前面相鄰的母音字母分開發音 | maïs, bonzaï, Noël, boësse | 字母<e , i>有這個符號 |
| < , > | 軟音符<br>(l'accent cédille)<br>表示字母<c>讀[s] | ça, garçon | 只有字母<c>有這個符號 |

5

說明 單寫一個字母時，法文小寫草寫字母左邊的小尾巴可以省略，它的主要作用是連結其他字母。

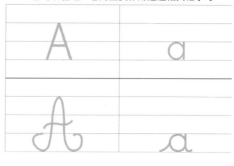

## ananas

[ananɑːs, anana]

菠蘿

[ɑ]

**Ecouter et Répéter** 練聽力

| admirer | avaler |
|---------|--------|
| 佩服 | 吞 |

[a]

| arriver | bras |
|---------|------|
| 到達 | 臂 |

和字母<a>相對的音素有[a]，[ɑ]，但[ɑ]的發音因和[a]太接近，所以已慢慢有被[a]取代的情形。

| adorable | calme |
|----------|-------|
| 可愛的 | 冷靜 |

A A A A A A

a a a a a

𝒜 𝒜 𝒜 𝒜 𝒜 𝒜

a a a a a a

A a  A a  A a  A a

𝒜a 𝒜a 𝒜a 𝒜a

**animal** 動物
[animal]

**說明** [ː]長音符號，表前面
的母音要比正常音長
一些，但在句子中，
長音符號的作用自然
就消失了。

**abeille** 蜜蜂
[abɛːj]

**avocat** 酪梨
[avɔka]

**assiette** 盤
[asjɛt]

**arbre** 樹
[arbr]

**agrafeuse** 訂書機
[agraføːz]

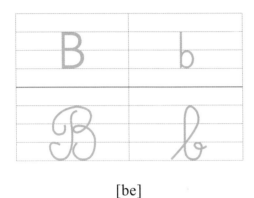

[be]

# banane
[banan]
香蕉

 **Ecouter et Répéter**　　　練聽力

| | | |
|---|---|---|
| **blé**<br>小麥 | | **botte**<br>靴 |
| **cabot**<br>狗 | **[b]** | **cabine**<br>機艙 |
| **bout**<br>結束 | 和字母<b>相對的<br>音素是[b]。 | **bizarre**<br>怪異 |

B B B B B B

b b b b b b

ℬ ℬ ℬ ℬ ℬ ℬ

ℓ ℓ ℓ ℓ ℓ ℓ

B b B b B b B b

ℬ ℓ ℬ ℓ ℬ ℓ ℬ ℓ

**bus** 公共汽車
[byːs]

**baleine** 鯨
[balɛn]

**bague** 戒指
[bag]

**bouche** 口
[buʃ]

**bol** 碗
[bɔl]

**baguette** 筷子
[bagɛt]

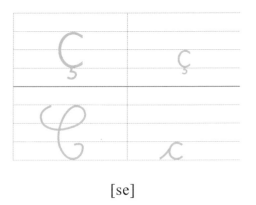

**cil**
[sil]
睫毛

[se]

## Ecouter et Répéter                    練聽力

| | | |
|---|---|---|
| **cela**<br>它 | **[s]**<br><br>和字母<c>相對的<br>音素有[s]，[k]。 | **noce**<br>婚禮 |
| **col**<br>領子 | | **coude**<br>彎頭 |
| **direct**<br>直接 | **[k]** | **canard**<br>鴨 |

20

C C C C C C

c c c c c c

𝒞 𝒞 𝒞 𝒞 𝒞 𝒞

𝒸 𝒸 𝒸 𝒸 𝒸 𝒸

**cerise** 櫻桃
[səriːz]

**cigale** 蟬
[sigal]

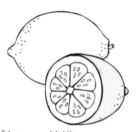

**citron** 檸檬
[sitrɔ̃]

**colle** 膠水
[kɔl]

**carotte** 胡蘿蔔
[karɔt]

**crabe** 螃蟹
[krab]

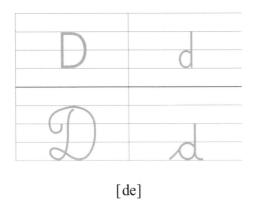

[de]

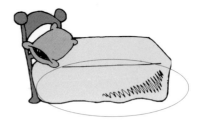

## drap
[dra]
床

| | | |
|---|---|---|
| **désolé**<br>遺憾 | | **idée**<br>想法 |
| **dépasser**<br>超過 | **[d]** | **commode**<br>方便 |
| **cadet**<br>軍校學生 | 和字母<d>相對的<br>音素是[d]。 | **garde**<br>保管 |

D D D D D D

d d d d d d

𝒟 𝒟 𝒟 𝒟 𝒟 𝒟

d d d d d d

D d D d D d D d
𝒟 d 𝒟 d 𝒟 d 𝒟 d

**dos** 後面
[do]

**déchet** 浪費
[deʃɛ]

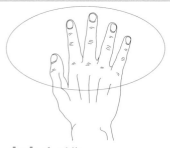

**doigt** 手指
[dwa]

**deux** 二
[dø]

**dix** ＋
[dis]

**douze** ＋二
[duːz]

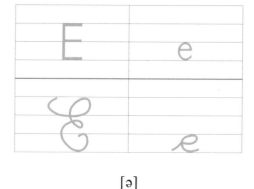

## escargot

[ɛskargo]

蝸牛

[ə]

| esprit 精神 | | petit 小 |
|---|---|---|
| elle 它 | [ɛ] [ə] | debout 地位 |
| grecque 希臘語 | 和字母<e>相對的音素有[ɛ]，[ə]，[e]。 | lever 電梯 |

E　E　E　E　E　E

e　e　e　e　e　e

ℰ　ℰ　ℰ　ℰ　ℰ　ℰ

e　e　e　e　e　e

E e　E e　E e　E e

ℰ e　ℰ e　ℰ e　ℰ e

27

### escalier
[ɛskalje]

### estomac 胃
[ɛstɔma]

### escabeau 凳子
[ɛskabo]

### espèce 種類
[ɛspɛs]

説明 拼音時，特殊符號字
母仍照正常字母唸。

### escarpin 鞋
[ɛskarpɛ̃]

### Espagne 西班牙
[ɛspaɲ]

| | |
|---|---|
| F | f |
| ℱ | f |

[ɛf]

**fesse**

[fɛs]
臀部

##  Ecouter et Répéter　　　練聽力

**faste**
盛況

**effacer**
刪除

**face**
臉

**[f]**

**sofa**
沙發

**parfumer**
香水

和字母<f>相對的
音素是[f]。

**tarif**
率

F F F F F F

f f f f f f f

F F F F F F

f f f f f f

**fourmi** 螞蟻
[furmi]

**four** 烤箱
[fuːr]

**fourchette** 叉
[furʃɛt]

**foulard** 圍巾
[fulaːr]

**feu** 火
[fø]

**fleur** 花
[flœːr]

## gilet
[ʒilɛ]
背心

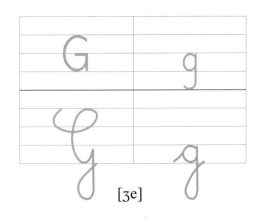

[ʒe]

| biologie<br>生物學 | grippe<br>流感 |
|---|---|
| agir<br>法案 | gras<br>脂肪 |
| gelée<br>果凍 | magazine<br>雜誌 |

[ʒ]　　[g]

和字母<g>相對的
音素有[ʒ]、[g]。

G　　G　　G　　G　　G　　G

g　　g　　g　　g　　g　　g

G　　G　　G　　G　　G

g　　g　　g　　g　　g

**girafe** 長頸鹿
[ʒiraf]

**Sagittaire** 射手座
[saʒitɛːr]

**glace** 冰
[glas]

**glaçon** 冰山
[glasɔ̃]

**gomme** 擦子
[gɔm]

**gâteau** 蛋糕
[gɑto]

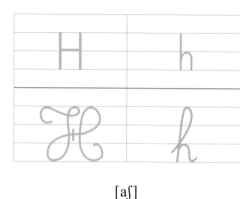

[aʃ]

# hippopotame
[ipɔpɔtam]
河馬

 **Ecouter et Répéter** 練聽力

**hiver**
冬天

**horde**
部落

**homme**
男人

字母‹h›不發音。
（啞音）　　（噓音）

**hasard**
機會

**humide**
濕

**hi-fi**
高級真音響

H H H H H H

h h h h h h

ℋ ℋ ℋ ℋ ℋ ℋ

h h h h h h

H h H h H h

ℋ h ℋ h ℋ h

**herbe** 草
[ɛrb] （啞音）

**horloge** 時鐘
[ɔrlɔːʒ] （啞音）

**huître** 牡蠣
[hitr] （啞音）

**huit** 八
[hi(t)] （啞音）

**homard** 龍蝦
[ɔmaːr] （啞音）

**haricot** 豆
[ariko] （啞音）

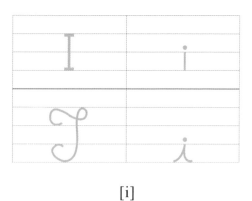

# iguane
[igwan]
鬣蜥

[i]

| | | |
|---|---|---|
| **ici**<br>這裡 | | **nid**<br>巢 |
| **idole**<br>偶像 | **[i]** | **mini**<br>迷你 |
| **micelle**<br>膠束 | 和字母<i>相對的<br>音素有[i]，[j]。 | **imaginer**<br>想像 |

38

I    I    I    I    I

i    i    i    i    i

𝒥    𝒥    𝒥    𝒥    𝒥

𝒾    𝒾    𝒾    𝒾    𝒾

## journal
[ʒurnal]
日誌

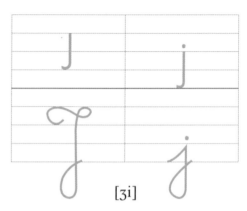

[ʒi]

---

| | |
|---|---|
| **jazz**<br>爵士樂 | **ajouter**<br>加 |
| **journal**<br>日誌 | **jamais**<br>從來沒有 |
| **joute**<br>比武 | **déjeuner**<br>早餐 |

[ʒ]

和字母 <j> 相對的
音素是 [ʒ]。

J J J J J J

j j j j j j

𝒥 𝒥 𝒥 𝒥 𝒥 𝒥

𝒿 𝒿 𝒿 𝒿 𝒿 𝒿

**jupe** 裙子
[ʒup]

**joue** 臉頰
[ju]

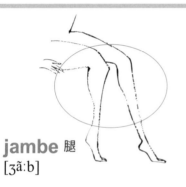

**jambe** 腿
[ʒɑ̃:b]

**jade** 玉
[ʒad]

**jus** 果汁
[ʒy]

**jésus** 耶穌
[ʒezy]

[ka]

# koala

[kɔala]

無尾熊

| kilo | | ticket |
| --- | --- | --- |
| 公斤 | | 票 |
| karaté | **[k]** | ski |
| 空手道 | | 滑雪 |
| stock | | rock |
| 股票 | 和字母<k>相對的音素是[k]。 | 岩石 |

K    K    K    K    K    K

k    k    k    k    k    k

ℋ    ℋ    ℋ    ℋ    ℋ    ℋ

ℓ    ℓ    ℓ    ℓ    ℓ    ℓ

K  k  K  k  K  k  K  k

ℋ ℓ ℋ ℓ ℋ ℓ ℋ ℓ

**kaki** 黃褐色
[kaki]

**képi** 克皮 (法國軍用帽)
[kepi]

**kangourou** 袋鼠
[kãguru]

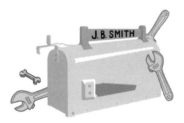

**kit** 工具包
[kit]

**kilt** 短裙
[kilt]

## livre

[liːvr]

書

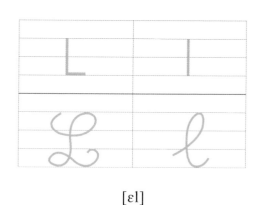

[ɛl]

## Ecouter et Répéter 練聽力

**lac**
湖

**mobile**
移動

**nul**
無

**[l]**

**limiter**
極限

**lequel**
哪個

和字母<l>相對的
音素是[l]。

**pluriel**
複數

L L L L L L L

I I I I I I

ℒ ℒ ℒ ℒ ℒ ℒ

ℓ ℓ ℓ ℓ ℓ ℓ

L L L L L L

ℒℓ ℒℓ ℒℓ ℒℓ ℒℓ ℒℓ

**lune** 月亮
[lyn]

**lys** 百合
[lis]

**lunette** 眼鏡
[lynɛt]

**lèvre** 唇
[lɛːvr]

**lit** 床
[li]

**lumière** 光
[lymjɛːr]

| M | m |
|---|---|
| $\mathcal{M}$ | $m$ |

[ɛm]

## mur
[myːr]
牆

## Ecouter et Répéter  　　練聽力

| mars<br>三月 | immoler<br>犧牲 |
|---|---|
| mardi<br>星期二 | **[m]** | madame<br>夫人 |
| grammaire<br>語法 | 和字母<m>相對的<br>音素是[m]。 | marmite<br>鍋 |

49

M M M M M M

m m m m m m

M M M M M M

m m m m m m

M m M m M m M m

M m M m M m M m

**maquillage** 化妝
[makijaːʒ]

**miroir** 鏡子
[mirwaːr]

**machine à laver** 洗衣機
[maʃin a lave]

**maison** 家
[mɛzɔ̃]

**melon** 哈密瓜
[məlɔ̃]

**mobile** 手機
[mɔbil]

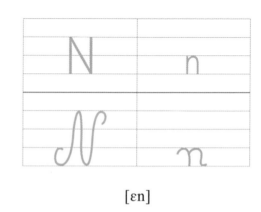

## nez

[ne]

鼻子

[ɛn]

 **Ecouter et Répéter** 練聽力

| | | |
|---|---|---|
| **né**<br>天生的 | | **acné**<br>青春痘 |
| **nature**<br>自然 | **[n]** | **nationalité**<br>國籍 |
| **moderne**<br>現代 | 和字母<n>相對的<br>音素是[n]。 | **nénette**<br>母狗 |

N    N    N    N    N

n    n    n    n    n

𝒩    𝒩    𝒩    𝒩    𝒩

n    n    n    n    n

N  n  N  n  N  n  N  n

𝒩 n 𝒩 n 𝒩 n 𝒩 n

**nuage** 雲
[nyaːʒ]

**neige** 雪
[nɛːʒ]

**narine** 鼻孔
[narin]

**nager** 游泳
[naʒe]

**neuf** 九
[nœf]

**nouille** 麵條
[nuːj]

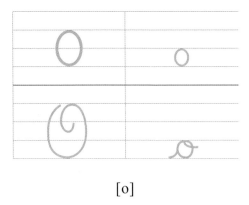

[o]

## dos
[do]
後面

| | | |
|---|---|---|
| **météo**<br>天氣 | | **observer**<br>觀察 |
| **pilot**<br>飛行員 | [o]　[ɔ] | **donner**<br>給 |
| **billot**<br>砧板 | 和字母<o>相對的<br>音素有[o]、[ɔ]。 | **cor**<br>號角 |

55

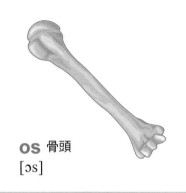

**os** 骨頭
[ɔs]

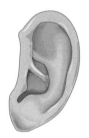

**oreille** 耳朵
[ɔrɛːj]

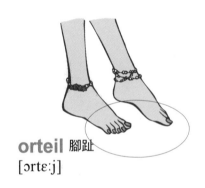

**orteil** 腳趾
[ɔrtɛːj]

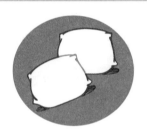

**oreiller** 枕頭
[ɔrɛje]

**ordinateur** 電腦
[ɔrdinatœːr]

**orange** 柳橙
[ɔrːʒɑ̃]

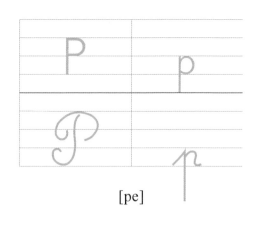

**porc**
[pɔːr]
豬肉

[pe]

 **Ecouter et Répéter** 練聽力

| | |
|---|---|
| **poli**<br>光 | **passeport**<br>護照 |
| **papa**<br>爸爸 | **répondre**<br>答案 |
| **papi**<br>外公 | **appeler**<br>通話 |

**[p]**

和字母<p>相對的音素是[p]。

58

P　P　P　P　P　P

p　p　p　p　p　p

**poule** 母雞
[pul]

**poulet** 雞
[pulɛ]

**porte** 門
[pɔrt]

**pomme** 蘋果
[pɔm]

**pull** 毛線衣
[pyl]

**pomme de terre** 馬鈴薯
[pɔm də tɛːr]

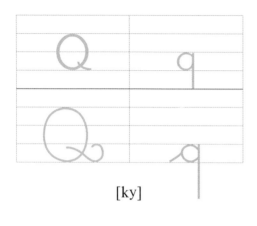

[ky]

# 4

## quatre
[katr]
四

| | |
|---|---|
| **que** 那 | **raquette** 球拍 |
| **qualité** 質量 | **remarquer** 注意 |
| **quartier** 鄰里 | **quelque** 一些 |

**[k]**

和字母<q>相對的音素是[k]。特別一提的是，字母<qu>的發音音素一定是[k]。

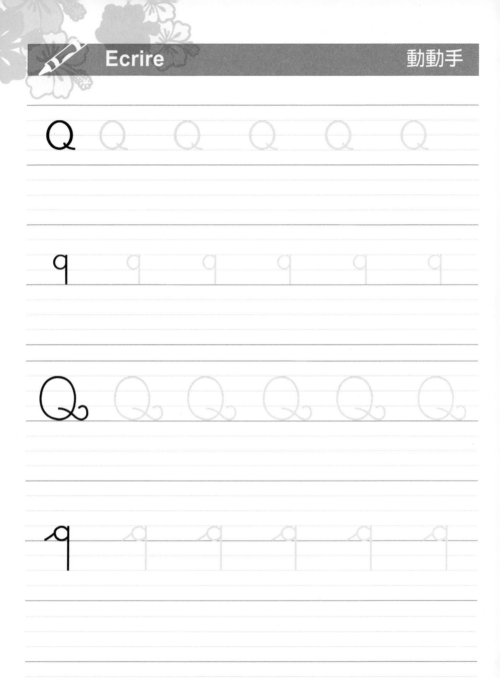

Q

q

Q

q

**quatorze** 十四
[katɔ:rz]

**quinze** 十五
[kɛ̃:z]

**quatre-vingts** 八十
[katrvɛ̃]

**queue** 尾巴
[kø]

**quai** 碼頭
[kɛ]

**casque** 耳機
[kask]

## rose

[ro:z]

粉紅色

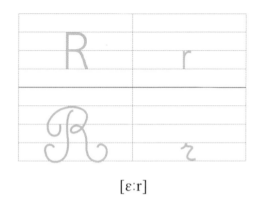

[ɛːr]

## Ecouter et Répéter　　　練聽力

| | |
|---|---|
| **rapide**<br>快 | **très**<br>很 |
| **rater**<br>錯過 | **guérir**<br>醫治 |
| **grave**<br>嚴重 | **ivre**<br>醉 |

**[r]**

和字母<r>相對的
音素是[r]。

R R R R R R

r r r r r r

𝓡 𝓡 𝓡 𝓡 𝓡 𝓡

ʑ ʑ ʑ ʑ ʑ ʑ

R R R R R R

𝓡 𝓡 𝓡 𝓡

**rat** 老鼠
[ra]

**rideau** 窗簾
[rido]

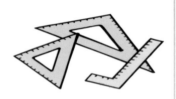

**règle** 規則
[rɛgl]

**robinet** 水龍頭
[rɔbinɛ]

**riz** 飯
[ri]

**robe** 連衣裙
[rɔb]

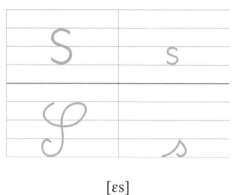

[ɛs]

## sac
[sak]
袋

| | | |
|---|---|---|
| **salut**<br>招呼 | | **sagesse**<br>智慧 |
| **salé**<br>鹽 | **[s]** | **passer**<br>去 |
| **saucisse**<br>香腸 | 和字母 <s> 相對的<br>音素有[s]，[z]。 | **risque**<br>風險 |

67

S

s

S

s

**sofa** 沙發
[sɔfa]

**ski** 滑雪
[ski]

**soleil** 太陽
[sɔlɛ:j]

**stylo** 筆
[stilo]

**sourcil** 眉毛
[sursil]

**serviette** 毛巾
[sɛrvjɛt]

## tomate

[tɔmat]

蕃茄

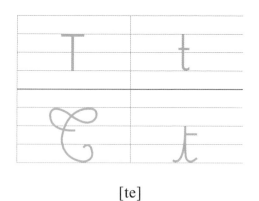

[te]

| | |
|---|---|
| **taper**<br>類型 | **victime**<br>受害者 |
| **tapis**<br>地毯 | **télécarte**<br>手機卡 |
| **utiliser**<br>使用 | **toilette**<br>廁所 |

[t]

和字母<t>相對的
音素是[t]。

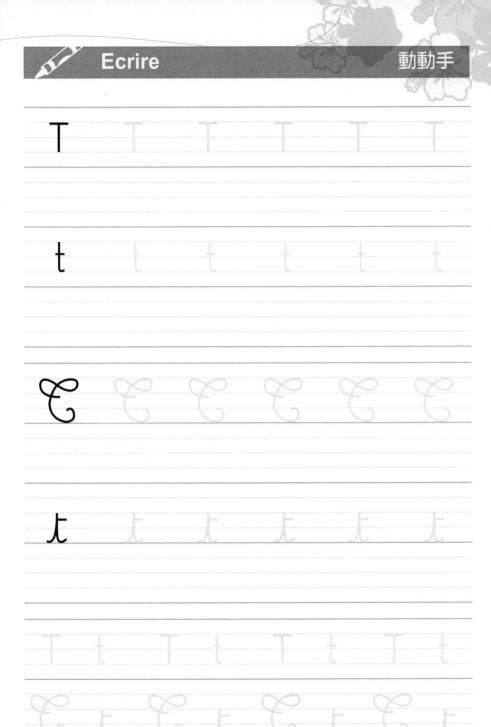

**télé** 電視
[tele]

**téléphone** 電話
[telefɔn]

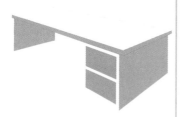

**table** 桌子
[tabl]

**tigre** 老虎
[tigr]

**tournesol** 向日葵
[turnəsɔl]

**tulipe** 鬱金香
[tylip]

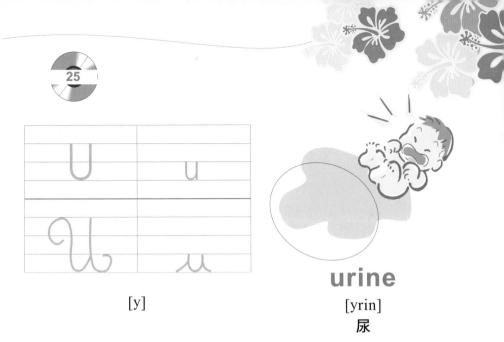

**urine**

[yrin]

尿

[y]

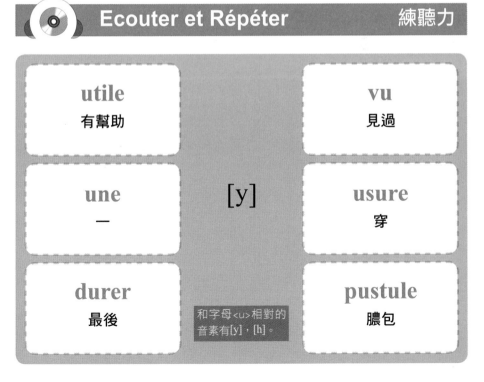

U

u

U

u

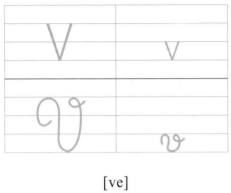

**vélo**
[velo]
自行車

[ve]

| | | |
|---|---|---|
| **vie**<br>生活 | **[v]** | **victime**<br>受害者 |
| **vers**<br>朝向 | | **verve**<br>氣魄 |
| **avec**<br>一起 | 和字母<v>相對的<br>音素是[v]。 | **veuve**<br>寡婦 |

75

V V V V V V

v v v v v v

𝒱

𝓋

**veste** 夾克
[vɛst]

**valise** 手提箱
[valiːz]

**verre** 玻璃杯
[vɛːr]

**vis** 螺絲釘
[vis]

**vase** 花瓶
[vaːz]

**virgule** 逗號
[virgul]

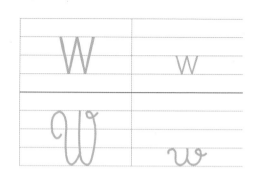

## wapiti

[wapiti]

麋鹿

[dubləve]

## Ecouter et Répéter　　　練聽力

| | | |
|---|---|---|
| **week-end**<br>週末 | | **wattmètre**<br>瓦特計 |
| **waters**<br>水 | **[w]** | **watt**<br>瓦 |
| **whisky**<br>威士忌酒 | 和字母<w>相對的<br>音素有[w]，[v]。 |  |

78

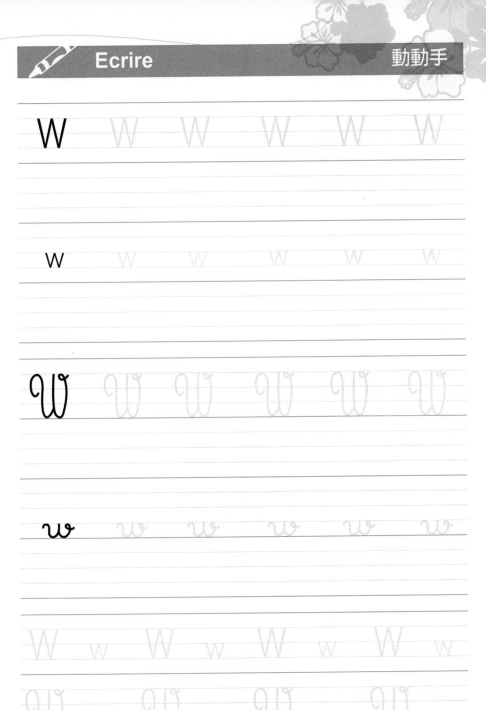

W W W W W W

W W W W W W

𝒲 𝒲 𝒲 𝒲 𝒲 𝒲

𝓌 𝓌 𝓌 𝓌 𝓌 𝓌

W w W w W w W w

𝒲 𝓌 𝒲 𝓌 𝒲 𝓌 𝒲 𝓌

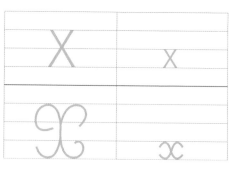

## taxi

[taksi]
計程車

[iks]

 **Ecouter et Répéter** 練聽力

| | |
|---|---|
| **examiner**<br>檢查 | **[gz]** |
| **exact**<br>確切 | |
| **six**<br>六 | **[s]** |
| **soixante**<br>六十 | |

和字母<x>相對的
音素有[ks]，[gz]，
[s]，[z]。

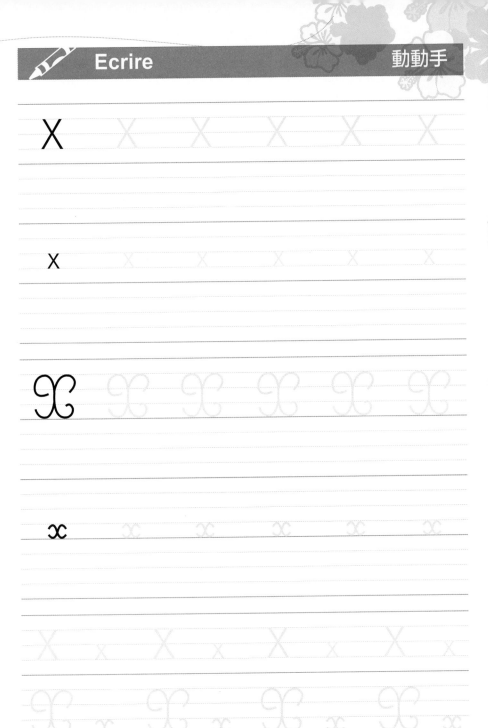

**yeux**
[jø]
眼睛

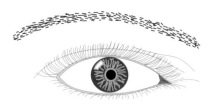

[igrɛk]

| | | |
|---|---|---|
| **yod**<br>碘 | **[j]** **[i]** | **style**<br>風格 |
| **yé-yé**<br>耶－耶 | | **lycée**<br>學校 |
| **payer**<br>付款 | 和字母<y>相對的<br>音素有[i]，[j]。 | **stylo**<br>筆 |

Y Y Y Y Y Y

y y y y y y

Y Y Y Y Y Y

y y y y y y

**yaourt** 酸奶
[jauːrt]

**yo-yo** 溜溜球
[jojo]

**yak** 犛
[jak]

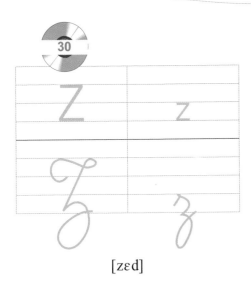

[zɛd]

## zèbre

[zɛbr]

斑馬

---

 **Ecouter et Répéter**　　　　練聽力

**zone**
區域

**Balzac**
巴爾扎克

**zazou**
青年爵士音樂迷

[z]

**bizarre**
怪異

**alizé**
貿易

和字母<z>相對的
音素是[z]。

**jazz**
爵士樂

85

Z Z Z Z Z Z

z z z z z z

# O

**zéro** 零
[zero]

**zip** 拉鍊
[zip]

**zoo** 動物園
[zo]

**zébrure** 花豹
[zebruːr]

**zeste** 削皮
[zɛst]

**zesteur** 削皮刀
[zɛstœːr]

# 特殊符號字母

Les Accents et Les Signes

**說明** 有特殊符號的字母，在大寫時，可不加符號，但小寫一定要。

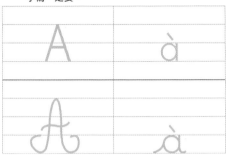

[ɑ aksɑ̃ graːv]

**là**
[la]
那裡

## Ecouter et Répéter　　練聽力

**déjà**
已經

**celui-là**
那一個

**voilà**
這裡

**[a]**

**ceux-là**
那些

**à-propos**
合適

和字母<à>相對的
音素是[a]。

**c'est-à-dire**
也就是說

89

A A A A A A

à à à à à à

$\mathcal{A}$ $\mathcal{A}$ $\mathcal{A}$ $\mathcal{A}$ $\mathcal{A}$ $\mathcal{A}$

à à à à à à

A à A à A à A à

$\mathcal{A}$ à $\mathcal{A}$ à $\mathcal{A}$ à $\mathcal{A}$ à

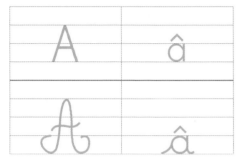

[ɑ aksɑ̃ sirkɔ̃flɛks]

**âne**
[ɑn]
驢子

---

| | |
|---|---|
| **grâce**<br>優雅 | **bâton**<br>棒 |
| **château**<br>城堡 | **châle**<br>披肩 |
| **bâtiment**<br>建築 | **châtaigne**<br>栗子 |

**[ɑ]**

和字母<â>相對的
音素是[ɑ]。

A

â

A

â

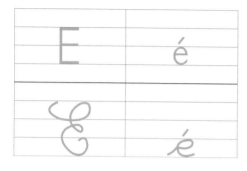

[ə aksãt ɛgu]

## bébé
[bebe]
寶寶

| | | |
|---|---|---|
| **café**<br>咖啡 | | **écharpe**<br>圍巾 |
| **canapé**<br>臥榻 | **[e]** | **éclair**<br>閃電 |
| **clé**<br>關鍵 | 和字母<é>相對的<br>音素是[e]。 | **épaule**<br>肩 |

E

é

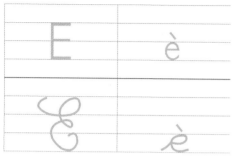

[ə aksɑ̃ graːv]

## chèvre
[ʃɛːvr]
山羊

 **Ecouter et Répéter** 練聽力

**pastèque**
西瓜

**lèvre**
嘴唇

**chèque**
查

**[ɛ]**

**étagère**
架子

**cuillère**
杓子

**thermomètre**
溫度計

和字母<è>相對
的音素是[ɛ]。

95

E E E E E E

è è è è è è

ℰ ℰ ℰ ℰ ℰ ℰ

è è è è è è

E è E è E è E è

ℰ è ℰ è ℰ è ℰ è

| | |
|---|---|
| E | ê |
| 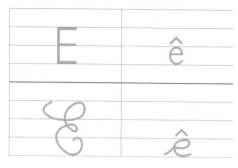 | ê |

[ə aksɑ̃ sirkɔ̃flɛks]

**fenêtre**
[fənɛtr]

 **Ecouter et Répéter**　　　練聽力

**forêt**
森林

**chêne**
橡木

**pêche**
釣魚

**[ɛ]**

**vêtement**
服裝

**tête**
頭部

和字母<ê>相對的
音素是[ɛ]。

**sous-vêtement**
內衣

E

ê

ℰ

ê

| E | ë |
|---|---|
| Ɛ | ë |

[ə trema]

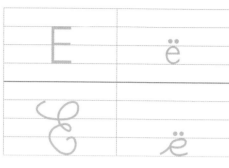

# Noël
[nɔɛl]
聖誕

**boësse**
鋼絲刷

**canoë**
獨木舟

[ɛ]

**boëtte**
餌

**fouëne**
矛

和字母<ë>相對的
音素是[ɛ]。

99

E  E  E  E  E  E

ë  ë  ë  ë  ë  ë

ℰ  ℰ  ℰ  ℰ  ℰ

ë  ë  ë  ë  ë

E ë  E ë  E ë

ℰ ë  ℰ ë  ℰ ë  ℰ

| I | ∧ |
|---|---|
| J | ∧ |

[i aksɑ̃ sirkɔ̃flɛks]

**île**
[il]
島

## Ecouter et Répéter

練聽力

**huître**
牡蠣

**gîte**
家

**dîner**
晚餐

**[i]**

**épître**
書信

**dînette**
茶會

和字母<î>相對的
音素是[i]。

**abîme**
深淵

| | |
|---|---|
| I | ï |
| | |
| | |
| ℐ | ï |
| | |

[i trema]

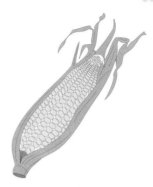

## maïs
[mais]
玉米

 **Ecouter et Répéter** 練聽力

| bonzaï<br>盆景 | | judaïque<br>猶太 |
|---|---|---|
| coït<br>性交 | **[i]** | laïcité<br>世俗主義 |
| laïque<br>世俗 | 和字母<ï>相對的<br>音素是[i]。 | alcaloïde<br>生物鹼 |

103

I I I I I I

ï ï ï ï ï ï

𝒥 𝒥 𝒥 𝒥 𝒥 𝒥

ï ï ï ï ï ï

| | |
|---|---|
| O | ô |
| 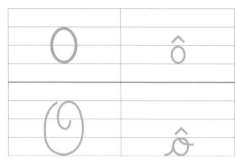 | ô |

[o aksɑ̃ sirkɔ̃flɛks]

# hôpital
[opital]
醫院

| | | |
|---|---|---|
| **hôtesse**<br>女主人 | | **hôtel**<br>旅館 |
| **allô**<br>你好 | **[o]** | **tôt**<br>迅速 |
| **clôture**<br>關閉 | 和字母<ô>相對的<br>音素是[o]。 | **côté**<br>側邊 |

105

O

ô

O

ô

| U | û |
|---|---|
| 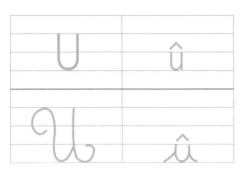 | â |

[y aksã gra:v]

**où**

[u]

哪裡

字母<ù>和字母<o>結合，發[u]的音。

---

| Ecrire | 動動手 |
|--------|--------|

U U U U U U

ù ù ù ù ù

𝓤 𝓤 𝓤 𝓤 𝓤 𝓤

ù ù ù ù ù

## piqûre

[pikyːr]

打針

[y aksɑ̃ sirkɔ̃flɛks]

 **Ecouter et Répéter**　　　練聽力

| | |
|---|---|
| **fût**<br>桶 | **bûche**<br>登錄 |
| **flûte**<br>長笛 | **brûlé**<br>燒毀 |
| **dû**<br>應有 | **affût**<br>馬車 |

[y]

和字母<û>相對的
音素是[y]。

108

U

û

𝒰

â

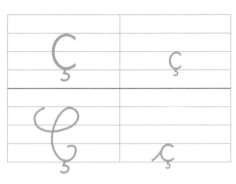

# garçon
[garsɔ̃]
男孩

[se seti:j]

| | |
|---|---|
| **glaçon**<br>冰山 | **ça**<br>它 |
| **calçon**<br>褲子 | **façon**<br>方法 |
| **aperçu**<br>調查 | **français**<br>法國人 |

**[s]**

和字母<ç>相對的
音素是[s]。

## 43

Grade AA

在法文中，字母<œ>
幾乎不會有同時大寫
的情形。

œ

œ

## œuf
[œf]
雞蛋

[œ]

## Ecouter et Répéter　　　　練聽力

| œil 眼 | | sœur 妹妹 |
| --- | --- | --- |
| cœur 心臟 | [œ] | belle-sœur 姐妹 |
| bœuf 牛肉 | 和字母<œ>相對的音素有[œ]，[ø]。 |  |

œ  œ  œ  œ  œ  œ

œ  œ  œ  œ  œ  œ

# 法語字母和相對應音素規則表

| 字母 | 相對應音素 | 範例單字 |
|---|---|---|
| a | [a] | animal |
| à | | là |
| â | [ɑ] | gâteau |
| b | [b] | bus, bol, bague |
| c | [s] | cil, cerise, piscine |
| | [k] | canard, crabe, carotte |
| ç | [s] | garçon, glaçon, ça |
| d | [d] | drap, bermuda, docteur |
| e | [ə] | le, ce, de |
| | [e] | aller, partez, les, mes, message |
| | [ɛ] | escalier, elle |
| è | [ɛ] | lumière, pastèque, règle |
| ê | | tête, forêt, fenêtre |
| é | [e] | légume, réveil, téléphone |
| f | [f] | feu, four, fesse |
| g | [ʒ] | gilet, giraffe, gelée |
| | [g] | glace, gomme, gare |

| 字母 | 相對應音素 | 範例單字 |
|---|---|---|
| h | 不發音 | hippopotame, herbe, horloge |
| i | [i] | livre, hibou, céleri |
| | [j] | ciel, miel, pied |
| î | [i] | île |
| ï | | maïs |
| j | [ʒ] | journal, jambe, joue |
| k | [k] | koala, ski, basket |
| l | [l] | lit, lavabo, lèvre |
| m | [m] | mur, muscle, machine |
| n | [n] | neuf, nuage, nez |
| o | [o] | météo, stylo |
| | [ɔ] | oreille, oreiller, ordinateur |
| | [w] | miroir, oiseau |
| ô | [o] | hôtel, hôpital |
| œ | [œ] | œuf, sœur, belle-sœur |
| | [ø] | vœx, nœud |
| p | [p] | pull, porc, pomme |
| q | [k] | coq, cinq |
| r | [r] | rose, robe, riz |

| 字母 | 相對應音素 | 範例單字 |
|---|---|---|
| s | [s] | sonnette, soleil, sol |
| | [z] | valise, visage, agrafeuse |
| t | [t] | télé, tapis, tulipe |
| u | [y] | jupe, jus, lune |
| | [ɲ] | fruit, essuie-glaces, huître |
| û | [y] | sûr, flût |
| ù | [u] | où（字母<ù>一定和字母< o >結合出現） |
| v | [v] | veste, vélo, cravate |
| w | [w] | wapiti, watt, waters |
| | [v] | wagon |
| x | [gz] | exemple, exact |
| | [ks] | lux, taxi |
| | [s] | six, soixante |
| | [z] | deuxième |
| y | [i] | lys, stylo |
| | [j] | yeux, yo-yo, yaourt |
| z | [z] | zone, jazz, zip |

單元 **3**

## 總複習
## Révision

突破 發音、聽力

# Exercices de Voyelles

| 母音音素 | 單字練習 | 對應字母 |
|---|---|---|
| [i] | <u>i</u>l, st<u>y</u>lo, <u>î</u>le, maï<u>s</u> | i, y, î, ï |
| [e] | all<u>er</u>, march<u>er</u>, parl<u>ez</u>, bl<u>é</u> | er（字尾）, ez（字尾）, é |
| [ɛ] | <u>e</u>lle, poul<u>et</u>, g<u>ai</u>, fr<u>è</u>re | e, ai, è |
| [a] | <u>a</u>dorer, b<u>a</u>v<u>a</u>rder, <u>à</u>, <br> f<u>e</u>mme（此單字為特殊情形） | a, à, emme |
| [ɑ] | am<u>a</u>sser, p<u>â</u>te, <u>â</u>ge, <u>â</u>ne | a, â |
| [y] | <u>u</u>ne, t<u>u</u>, habit<u>u</u>de, l<u>u</u>ne | u |
| [ə] | l<u>e</u>, pr<u>e</u>mier, app<u>e</u>ler, am<u>e</u>ner | e |
| [ø] | p<u>eu</u>, d<u>eu</u>x, v<u>eu</u>x, v<u>œu</u> | eu, œu |
| [œ] | j<u>eu</u>ne, b<u>eu</u>rre, c<u>œu</u>r, acc<u>ue</u>il | eu, œu, ue |
| [u] | <u>ou</u>, p<u>ou</u>let, <u>où</u>, c<u>oû</u>ter | ou, où, oû |
| [o] | vél<u>o</u>, r<u>ô</u>le, <u>eau</u>, <u>au</u> | o, ô, eau, au |
| [ɔ] | <u>o</u>bjet, <u>o</u>ctobre, d<u>o</u>nner, alb<u>um</u> | o, um |
| [œ̃] | l<u>un</u>di, parf<u>um</u> | un, um |
| [ɛ̃] | mat<u>in</u>, s<u>yn</u>thèse, m<u>ain</u>, d<u>aim</u>, <br> fr<u>ein</u>, anc<u>ien</u>, mo<u>yen</u>, <u>im</u>parfait, <br> s<u>ym</u>bole | in, yn, ain, aim, ein, <br> ien, yen　　（i, y+en, <br> en發[ɛ̃]） |
| [ɑ̃] | <u>an</u>, j<u>am</u>be, v<u>en</u>t, <u>em</u>porter, p<u>aon</u> | an, am, en, em, aon |
| [ɔ̃] | b<u>on</u>, b<u>on</u>b<u>on</u>, s<u>om</u>bre, c<u>om</u>bien | on, om |

# Exercices de Consonnes

| 輔音音素 | 單字練習 | 對應字母 |
|---|---|---|
| [p] | plat, soupe, rapport | p, pp |
| [b] | bac, robe, obtenir | b |
| [m] | mer, famine, pomme | m, mm |
| [t] | tenir, thé, détester, raquette | t, th, tt |
| [d] | dès, demander, aide | d |
| [n] | nom, pénible, mine | n |
| [N] | ligne, agneau, cognac, champagne | gn, gne |
| [k] | képi, cave, sac, accord, qui, casque | c, cc, k, kk, qu |
| [g] | gare, toboggan, gâteau, guide, bague | g, gg, gu |
| [ŋ] | parking, jogging | ing |
| [f] | face, buffet, photo | f, ff, ph |
| [v] | vous, wagon | v, w |
| [s] | salut, penser, casser, leçon, scie, cette, célèbre, citron, démocratie | s, ss, ç, sc（s+c時，cs發[s]的音）<br>ce, cé, ci（c+e, é, i 時，c發[s]的音）<br>ti（t+i時，t發[s]的音） |
| [z] | zéro, rose, deuxième | z, s, x |
| [ʃ] | chat, acheter, schiste, fasciste | ch, sch, sc |

| 輔音音素 | 單字練習 | 對應字母 |
|---|---|---|
| [ʒ] | juste, déjeuner, geler, gémir, gênegilet, agir | j, ge, gê gi (g+e, ê, i 時，g發[ʒ]的音) |
| [l] | lire, maladie, elle, quelle | l, ll |
| [r] | route, froid, parler | r |
| 不發音 | huile, huître, hors, hôtel | h在字首時有啞音或噓音之分。這幾個單字中的h是啞音。 |
| | hop, honte, hibou, héro | 這幾個單字中的h是噓音。 |

46

## Exercices de Semi-consonnes

| 半輔音音素 | 單字練習 | 對應字母 |
|---|---|---|
| [j] | yeux, soleil, fille, pied, liane, lion, iule | y, (e+)il, i(+e), i(+a), i(+on), i(+u) |
| [ɥ] | lui, huître, ennuyeux, suave, sueur | u(+i), u(+î), u(+y), u(+a), u(+e) |
| [w] | watt, oui, louer<br>besoin, oiseau, boire, boîte, loyer | w, ou,<br>oi, oî, oy（o+i, î, y 時，唸[wa]） |

# 法語入門100句
# 100 Phrases Simples

**47**　**Les Salutations**　　打招呼的句子

## Bonjour !
你好！（對任何人都可以用）

## Salut !
你好！（只用於熟識或平輩之間）

## Bonsoir !
晚安！（用於下午5:00之後到就寢前）

## Bonne nuit !
晚安！（用於就寢時）

## Au revoir !
再見！（對任何人都可以用）

## Salut !
再見！（這個字也可以當「再見」用，但只限於熟識或平輩之間）

**48**　**Se Connaître entre Amis**　　認識朋友的句子

 **Vous vous appelez comment ?**
你叫什麼名字？（尊敬、客氣的說法）

 **Tu t'appelles comment ?**
你叫什麼名字？（用於平輩的說法）

 Je m'appelle Amélie.
我的名字是愛蜜莉。

Quelle est votre profession ?
你做什麼工作？

Je suis étudiant. （男生回答）
我是學生。

Je suis étudiante. （女生回答）
我是學生。

Vous venez d'où ?
你是哪裡人？（尊敬、客氣的說法）

Tu viens d'où ?
你是哪裡人？（用於平輩的說法）

Je suis taïwanais. （男生回答）
我是台灣人。

Je suis taïwanaise. （女生回答）
我是台灣人。

Vous êtes japonais ?（問男生）
你是日本人嗎？

 Non, je ne suis pas japonais.（男生回答）
我不是日本人。

 Vous êtes japonaise ?（問女生）
你是日本人嗎？

 Non, je ne suis pas japonaise.（女生回答）
我不是日本人。

 Vous habitez où ?
你住在哪裡？（尊敬、客氣的說法）

 Tu habites où ?
你住在哪裡？（用於平輩的說法）

 J'habite à Paris.
我住在巴黎。

 Vous avez quel âge ?
你幾歲？（尊敬、客氣的說法）

 Tu as quel âge ?
你幾歲？（用於平輩的說法）

 J'ai vingt ans.
我20歲。

 C'est un secret.
這是秘密。

 Qu'est-ce que tu fais comme activité ?
你平常喜歡做什麼？

 J'aime le cinéma.
我喜歡看電影。

 Tu pèses combien ?
你多重？

 Je pèse cinquante kilos.
我50公斤。

Tu mesures combien ?
你多高？

Je mesure un mètre soixante.
我160公分。

**49**

Manger　　吃、喝的句子

Qu'est-ce que tu veux manger ?
你要吃什麼？

Je n'ai pas d'appétit.
我沒有胃口。

C'est bon ?
好吃嗎？

C'est délicieux !
很好吃！

 Tu as soif ?
你口渴嗎？

 Non, ça va.
不會，還好。

 Oui, j'ai très soif.
是的，我很渴。

 Tu as faim ?
你餓嗎？

 Je suis mort de faim !（男生回答）
我餓死了！

 Je suis morte de faim !（女生回答）
我餓死了！

 Je n'ai pas faim.
我不餓。

 **Demander Son Chemin** 問地點的句子

 Où est la gare, s'il vous plaît ?
請問，火車站在哪裡？

 Vous prenez cette rue tout droit.
沿著這條街直走。

 Où sont les toilettes, s'il vous plaît ?
請問，洗手間在哪裡？

 Allez tout droit jusqu'au bout.
往前直走到底。

 **L'heure** 問時間的句子

 Quelle heure est-il ?
現在幾點？

 Il est dix heures.
現在10:00。

On est le combien aujourd'hui ?
今天幾號？

 On est le premier janvier.
今天是1月1日。

 On est quel jour aujourd'hui ?
今天星期幾？

 On est lundi.
今天星期一。

**52**

Acheter　購物的句子

 Quelle est ta pointure ?
你穿幾號鞋？

 Je fais du quarante.
我穿40號。

Tu fais du combien en chemise ?
你穿多大的襯衫？

 Je fais taille < M >.
我穿M號。

 Ça coûte combien ?
多少錢？

 Ça coûte dix euros.
10歐元。

 53 L'apparence　問外表的句子

 Il est comment ?
他長得怎麼樣？

 Il est beau.
他很帥。

 Il n'est pas beau.
他不帥。

 Elle est belle ?
她漂亮嗎？

 Oui, elle est belle.
很漂亮。

 Ça va.
還好。

 **Comment Ça Va ?** 關心的句子

 Tu te sens mal ?
你不舒服嗎？

 J'ai de la fièvre.
我發燒了。

 J'ai mal aux dents.
我的牙齒痛。

 J'ai mal à la tête.
我頭痛。

J'ai mal au ventre.
我的肚子痛。

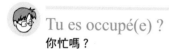
Tu es occupé(e) ?
你忙嗎？

Pas trop.
還好。

Tu veux de l'aide ?
你需要幫忙嗎？

Oui, merci !
是的，謝謝！

Ça y est ?
好了嗎？

Oui, ça y est.
好了。

Tout se passe bien aujourd'hui ?
今天一切都順利嗎？

Tout est parfait !
今天太完美了！

 Quelle poisse !
真倒楣！

 **55** Au Téléphone 　講電話的句子

Allô, qui demandez-vous ?
喂，請問找哪位？

Bonjour, je voudrais parler à Jacque, s'il vous plaît.
您好，我想跟傑克說話。

C'est moi-même.
我就是。

Qui est à l'appareil ?
您是哪位？

Un instant, s'il vous plaît.
請等一下。

Ne quittez pas, s'il vous plaît.
請不要掛斷。

Je suis content. （男生說）

我很高興。

Je suis contente. （女生說）

我很高興。

Je suis heureux. （男生說）

我很快樂。

Je suis heureuse. （女生說）

我很快樂。

C'est formidable !

太棒了！

Je suis de mauvais poil.

我的心情不好。

Je suis triste.

我很難過。

Je suis fâché(e).

我很生氣。

C'est dommage !

真可惜！（真遺憾！）

Tant pis !

算了！

## Qu'est-ce que... ? ……什麼的句子

Qu'est-ce que tu fais ?
你在做什麼？

Je suis en train de lire.
我在看書。

Qu'est-ce que c'est ?
這是什麼？

C'est un livre.
這是一本書。

C'est quoi ?
這是什麼？

C'est un secret.
這是秘密。

135

## L'amour　　有關愛情的句子

**Je t'aime.**

　　我愛你。

**Il est mon petit ami.**

　　他是我男朋友。

**Elle est ma petite amie.**

　　她是我女朋友。

法語系列: 12

# 波啾! 我的第一本法語讀本

合著／林曉葳 Andre Martin
出版者／哈福企業有限公司
地址／新北市中和區景新街347號11樓之6
電話／(02) 2945-6285　傳真／(02) 2945-6986
郵政劃撥／31598840　戶名／哈福企業有限公司
出版日期／2015年12月
特價／NT$ 279元(附MP3)

全球華文國際市場總代理／采舍國際有限公司
地址／新北市中和區中山路2段366巷10號3樓
電話／(02) 8245-8786　傳真／(02) 8245-8718
網址／www.silkbook.com 新絲路華文網

香港澳門總經銷／和平圖書有限公司
地址／香港柴灣嘉業街12號百樂門大廈17樓
電話／(852) 2804-6687　傳真／(852) 2804-6409
特價／港幣93元 (附MP3)

email／haanet68@Gmail.com

國家圖書館出版品預行編目資料

波啾! 我的第一本法語讀本　／林曉葳, Andre
Martin合著. -- 新北市：哈福企業, 2015.12
　　面；　公分. -- (法語系列: 12)
ISBN 978-986-5616-40-3 (附MP3)

1.法語 2.讀本

804.58

哈福

哈福